삶이 고단할 때면 꺼내 읽는, 엄마

성시하 시집

김계녀 그림

삶이 고단할 때면 꺼내 읽는, 엄마

달아실 기획시집
11

달아실

일러두기

1. 본문에서 하단의 〉는 '단락 공백 기호'로 다음 쪽에서 한 연이 새로 시작
   한다는 표시임.
2. 보조 용언과 합성 명사의 띄어쓰기 등 본문의 맞춤법은 시인의 의도에
   따른 것임.

어머니는 태백산 밑자락 두메산골에 시집오셔서 변함없이 강직하게 살아내며 고향의 산과 집을 지켜내셨습니다.

지금껏 나를 지탱해준 모든 힘은 늘 어머니에게서 나왔습니다.

나의 큰 산인 어머니께 이 시집을 바칩니다.

2021년 2월

성시하

차례

삶이 고단할 때면 꺼내 읽는, 엄마

2부

3부

4부

1부

설피雪皮
— 눈 내리는 날 1

강원도 태백산 자락 하늘 아래 첫 동네 첫 집

겨울 오면 지게 작대기 굵기만큼 자란 다래 덤불 껍질을
벗겨 쇠죽이 한소끔 끓는 큰 무쇠솥에 데우고

지난밤 꼬아놓은 새끼를 돌돌 감아 만든 어떤 눈발도
두렵지 않은, 소코뚜레보다 서너 배 큰 설피를

장화 밑바닥에 단단히 고정시킨 후 털모자에 주루막* 메
고 나서면 눈의 제왕이 되시는 아버지

눈 덮인 협곡 속으로 성큼 들어가는 아버지 발자국 따라
꽁무늬바람이 눈을 끌어다 메우길 반복하고

난 아궁이 앞에 앉아 부지깽이로 잿더미를 쑤시기도 하
고 정지 바닥에 글자도 쓰고 그림도 그리며 아버지 기다리
곤 했는데

꿩만둣국 동치미 밥상에 소박한 평화가 그칠 줄 모르는

함박눈과 함께 내리는 저녁

  뒤뜰 산죽 와르르 흔들리는 소리에 깜짝 놀라 나가보면
눈을 실컷 맞은 마른 옥수숫대처럼 바싹 얼어버린 아버지
가 문득 꿩을 들고 서 계신다

  * 주루막: 가는 새끼를 엮어서 만든 운반 기구.

강원도에서 온 편지

야들아, 우편배달부 부탁해서 강냉이하고 곤드레 쪼매이 부쳤다. 도착하거든 언능 까서 삶아 먹거라. 날이 더워 뜨믄 냄새나 버리게 된다. 강냉이 몇 알 키워가지고 자식들 부쳐줄라고 밤마다 놋대야 두둘이며 뜬눈으로 살다시피 했다만, 금년에는 멧돼지 새끼들이 밭에 내려와 강냉이 알 차기도 전에 깔아뭉개 매란도 없이 다 망쳐놨다.

늙은 에미가 산골짝에서 농사지어 뭐하나. 자식들 보내주는 재미로 하지. 안 그라냐. 곤드레는 나물밥해서 들기름 간장에 쓱쓱 비벼 먹으믄 입맛 없을 때 한 끼 딱이다. 아랫집 할마시 막걸리 받아와서 곤드레 나물에 한 사발 마신다.

마당가 해바라기 환하게 핀 속에 열두 자식 다 들어가 산다. 아침에는 큰놈이 삐죽이 보이고, 낮에는 중간 놈들이 얼핏 보이고, 해질녘에는 끝 놈들이 싱긋이 웃는다. 해바라기 지기 전에 한 놈이라도 핑 댕겨가그라. 샛노란 게 여간 안 이쁘나.

딸에게 부친 편지

태어나서 처음으로 편지를 썼다
편지 봉투에 딸 이름과 내 이름을 적었다
우표를 붙이고 우체통에 넣었다.
오늘 부친 편지를 보면 딸이 기뻐하겠지

판문분교

여전히 꿈을 펼쳐 든 독서 소녀상 뒤로 늙지 않는 시간
이 슬금슬금 빠져나오는 판문분교*

노란 개나리 높은 담장을 타고 교문 앞 시냇물 속까지
뻗어 물 밑이 환하다

어느새 달려온 미경이와 정숙이가 그네를 타며 만국기
처럼 펄럭인다

텅 빈 운동장가에 여름방학 숙제로 훑어온 잔디씨를 훌
훌 뿌리는 순녀가 보이고

한 아이가 왼손엔 별사탕과 건빵, 오른손엔 칠성 사이다
병을 들고 무얼 먼저 먹어야 할지 고민하는 동안

붉은 접시꽃잎 콧등에 붙인 성복이가 삐걱거리는 시소
를 타고 수탉처럼 날아오르고

상도가 허리가 휜 녹슨 사다리 학교 조회대 옆에 기대어
한낮의 졸음과 씨름 중이다

* 판문분교: 강원도 삼척시 하장면 판문리 소재 초등학교.

사과 사위

어느 해 겨울, 눈이 푹푹 쌓인 강원도 삼척 오지 마을 덕
비골* 시끄럽게 울어대는 전화를 받으니 우체부가 눈이 많
이 내려 도저히 올라갈 수 없다고, 동네 입구 마을회관에
두고 가겠으니 택배를 찾아가라고 했답니다.

이 엄동설한에 누가 때를 모르고 택배를 보냈느냐고 묻
자 우체부는 주소지가 서울이라고 했답니다. 그래서 어머
니는 이제 알았으니 받은 걸로 하고 도로 가지고 가라고
했다나요.

이 늙은 할매 도저히 한 길 넘은 눈길 헤치고 못 가겠다
고…….

그런 며칠 후 퍼붓던 눈도 잠잠해 마당을 쓸 무렵, 누군
가 헐레벌떡 박스 하나 어깨에 메고 와서는 마루에 던지고
줄행랑을 놓더랍니다.

그래서 마루에 덩그러니 놓인 박스 뜯어보았는데 아니
글쎄, 말갛게 얼어 산토끼 눈알 같은 사과가 땡글땡글 어
머니 얼굴을 쳐다보더랍니다.

〉

　이때부터 어머니는 그 사위를 사과 사위로 바꿔 부르기
시작했는데요. 아들 셋 딸 아홉 집안의 사위 중, 그중 서울
토박이 사위가 철모르고 보낸 사과 덕에 생전 처음 얼음
사과 맛봤다며 지금도 그때 일이 생각나면 호박꽃처럼 활
짝 웃음을 짓곤 한답니다.

　* 덕비골: 삼척 태백산 자락에 있는 오지 마을.

나물 캐는 소녀들*

진달래 피는 봄이 오면 호미 들고 바구니 끼고 달래 냉이 캐러 가던 소녀야

이 밭 저 밭 다니다가 햇살 고인 양지쪽에 옴팍 들어앉아 머리 땋아

꽃다지 꽃 꺾어 꽂아주며 서로 예쁘다고 깔깔대던 댕기 머리 소녀야

봄 하늘로 떠도는 흰 구름처럼 어디로 흘러가고 있느냐

시냇가 얼음장 밑으로 졸졸 흐르는 물소리 듣고 일찍 피어난 노란 괴불주머니 따서 돌상에 차려놓고

너는 엄마 나는 아빠 냠냠 소꿉놀이 즐겁던 소녀야

둘 혹은 셋씩 동무지어 나물 캐다가 배추흰나비 되어

때로 해가 지도록 언덕 넘어 무지개 뒤쫓던 단발머리 소녀야

해가 뜹니다.
바람이 붑니다.
나무가 자랍니다.
새싹이 납니다
꽃이 핍니다
나비가 날아갑니다

58

* 박수근 그림 제목에서 따옴.

생일

일 년에 딱 한 번

온전히 혼자 차지한 흰 쌀밥

어여 한술 떠라
오늘이 네 귀빠진 날이다

꿀꺽!

그러나 쌀알들보다 더 많은 열두 형제들
눈망울이 아직도 목구멍에 걸려 있는

쌀
밥
눈

서운한 저녁

밤공기엔 풀무치 소리 가득하고
가족이 꽉 차 있어도 서운한 저녁
바람 속도 비어서 깡통 소리를 내며
나뭇가지 사이로 애쓰며 빠져나가고
휘영청 보름달 떠받치고 있는
힘 센 소나무가 보이는 어느 카페,
어디로 향하는 마음일까
멧비둘기 날아가는 방향으로 이내
먹구름 몰려오는 호수 너머로 내 그림자
슬쩍 밀어 넣고 싶은 순간들

이젠 비밀을 들키고 싶어요

한겨울 새벽, 신문지에 둘둘 말린 노란 장미꽃을 받았어요
신문지 틈 사이 해보다 먼저 빛나는 장미를요
바쁜 출근길에 뛰어가며 하는 말
가시를 조심하라는
양재꽃시장 노란 장미 몇 송이 꼭 사 주고 싶었다고
그땐 몰랐어요
……
지금 알았어요
내게 애인이 생겼다는 것을요
장미는 지고 가시는 남아 심장 한 켠 초병처럼 세워두었
어요
유독 노란색을 품은 고독한 화가
고흐가 노란색을 왜 즐겨 썼는지를 조금은 알 것 같아요

베네치아

파스텔 톤의 붉은 지붕과 연파랑 하늘
일렁이는 물결에 실려 왔다 다시 사라지는 윤슬
곤돌라 위에서 산타루치아 한 곡조 뽑는 멋진 남자
생 호박꽃을 그대로 올린 호박꽃피자와
촛불 켜진 야외 테이블에서 뜯는 식전 빵과 와인 한 잔,
그리고 화려한 가면을 파는 가게
라 페니체 극장 계약서와 디바 마리아 칼리스
삼백여 년 전 희대의 바람꾼 카사노바가
에스프레소 한 잔 건네며 유혹하는 카페 플로리안
굳이 말하지 않아도 리알토 다리 위에서
연신 키스를 나누는 연인처럼 느껴지는 촉감들

삶이 그대를 속일지라도
슬퍼하거나 노하지 마라
우울한 날들을 참고 견디면
기쁨의 날이 오리니

푸시킨

푸른 부전나비

어둠의 빗물들이 산과 호수 위를 골고루 흩뿌려지는 저녁
어느새 색 바래고 찢긴 날개가 거추장스러운지,
가녀린 몸에 붙은 여섯 개의 다리가 한낱 짐일 뿐인지,
너무나 불안한 몸짓의 푸른 부전나비가
꽃게처럼 옆으로 기거나 바들바들 날다가
떡갈나무 잎과 데크 틈 사이로 떨어진다
더러 운 좋게 돌담 사이 노란 감국 위에 제 몸을 누이기
도 하지만
간혹 내리는 11월의 찬비를 뚫고 신대호숫가를 도는
발길에 채이거나 밟힌 채 푸른 부전나비들이
한 세계를 매듭짓고 다음 세계로 건너가는 일인지
출구 없는 출구 앞에서 마냥 날개를 퍼덕거리고 있다

덕비골

이른 봄,
고향집 양지쪽
겨우내 언 하늘 속
하얀 별꽃들이
와르르 쏟아져
덕비골이

다 환하다

귀로*

   해마다 가을걷이 마치면 어머니는 아들 데리고 외갓집
에 가십니다
   도계역 부근에 있는 외갓집은 늘 기차 소리가 들리고
   뒤꼍엔 고목이 된 감나무가 뚱뚱 배를 갈라 꿀벌 집으로
내어주기도 하고
   가을이면 대봉감을 별처럼 매달고 밤낮으로 집을 환하
게 밝힙니다
   어머니는 감나무 아래 장독대에 앉아 시집살이 설움 주
절주절 쏟아놓고
   광주리 대봉감 가득 따 이고 고갯마루 넘고 넘어 돌아오
시는 길
   황량한 가을, 빈 밭 나목 사이로 광주리 이고 오는 고단
한 어머니,
   까까머리 어린 아들 양팔 힘차게 흔들며 앞장서 걸어옵
니다
   오고 가는 기차 소리 먹고 자란 대봉감으로 배를 채우던
그날이
   지금도 시간 되면 기적을 울리며 오는 기차처럼 자꾸 자
꾸 옵니다

* 박수근 그림 제목.

흙 바람벽이 있어*

아직도 흙벽이 그대로인 좁다란 방, 나의 울음 터졌던 거기엔

옛날에 멈춘 시간을 품은 아버지의 시계가 그대로 벽에 걸려 있고

윗목엔 시집올 때 엄마가 가져온 반다지장 문양文樣 속 나비가 창호지에 갇힌 코스모스 꽃잎에 앉았다가 다시 날아오르고

방구석 콩나물시루에 물 몇 바가지 시원하게 퍼부은 둘째 언니가

파란 불꽃 하늘거리는 호롱불 아래 배 깔고 엎드린 채 숨죽여 '가거고구그기' 한글 공부를 하고

아궁이에선 타닥타닥 군불 지피는 소리에 이어 메케한 연기가 돌쩌귀 사이로 스며들고

꽃무늬 목화솜 이불 속 따끈한 아랫목에선 누군가 나비 꿈을 꾸는지 방긋 웃거나 가끔 울음을 터트리던 흙 바람 벽이 있는 토방

나는 이 세상에서 가난하고 외롭고 높고 쓸쓸하게 살아가도록 태어났다*

* 백석의 시「흰 바람벽이 있어」중에서 인용함

밤

    오늘은 왠지 밤이 눈을 동그랗게 뜨고 나를 지켜보고 있
네요
    난 고드름처럼 얼어서 그대로 멈춰버려요
    시는 써지지 않고 애꿎은 시간만
    지시랑물 떨어지는 것처럼 밤새 떨어지네요
    시란 그리움이 있어야 써진다고 눈덩이처럼 툭 던지고
    바삐 밤이 필요한 다른 누군가에게 가버립니다
    난 누구를 그리워해야 하는지
    그리워할 누군가를 찾아다녀야 하는지
    두근두근 도둑 같은 설렘으로 새로 온 새벽을 들여놓습
니다

맠

2부

피에타

낮밥 드실 풋고추 세 개 따서 들고 온 할아버지는 할머니 품에 안겨 돌아가셨습니다

손수 만드신 오색 주머니 들고 온 할머니는 어머니 품에 안겨 자는 듯 돌아가셨습니다

큰아들 등교할 때 새 지폐로 용돈 쥐어준 아버지는 어머니 품에 안겨 돌아가셨습니다

뻐꾸기 울음소리가 아베 마리아처럼 태백산 자락을 넘나드는 유월이었습니다

……자비를 베푸소서

엄마의 쪽지*

시하야 엄만 밭일 나간다
내 걱정 말고 푹 쉬고
인나믄 냉장고에
너 좋아하는 콩나물 사났다
쌀마 머거도 되고
너 입에게 막게 해 머거라
엄만 대강 머것다
내 올 때까지 아무 일도 하지 마거라

넓은 바다

우리 집은 바닷가에 있어요.
바다는 넓고 넓어요.
바다 저 멀리 등대가 보여요.

* 삶이 고단할 때면 지금도 꺼내 읽는, 몇 년 전 새벽 밭일 나가시며 내 머리맡에
  놓아두었던 엄마의 쪽지.

안부

마커 잘 있나? 여도 코로나가 난리다. 하루 두 번 댕기던 버스도 끊기고, 마을회관도 고마 문 닫았다. 몇날 며칠 사람 구경을 못 한다. 산골 에미는 아무 일 없다마는 니들은 코 단속, 입단속 꼭꼭 잘 하고 댕기거라.

수돗가 앵두꽃이 두어 개씩 핀다. 변소 옆에 세워둔 삽자루 손잡이에 딱새가 둥지를 틀고 어느새 알 너덧 개 낳았다. 두릅은 아직도 감감한 것이 내달 돼야 필 듯하다. 양지쪽 할아버지 산소 주변엔 밤새 하얀 별꽃이 한 소쿠리 담뿍 쏟아졌다. 마커 마스크 잘 하고 댕기거라.

감자 싹을 따며

엄마한테 정말 미안한 일이지만, 청명이 지나면 깜깜한 검은 비닐봉지 속 때를 알고 눈마다 돋아난 싹을 싹싹 딸 수밖에 없었던 난, 감자가 더 물컹해지기 전에 강판에 갈아 배추감자전을 부쳤는데

이천 년생 아이 둘이 들기름 냄새 맡고 달려와 한 입씩 찢어 먹고는 '피자보다 맛이 별로네' 하며 달아나버리고

때마침 '감자 한 알도 버리지 말고 다 먹어라, 싹 났다고 내다 버리지 말고'라고 당부하는 엄마 전화를 끊고 나자 갑자기 그 옛날의 감자 구덩이 속 쥐똥 냄새가 물컹물컹 밀려왔다

호박

봄이 오면 울 엄마, 아버지는 관례처럼 언성을 높여 말다
툼하셨는데요

호박은 거름만 축내서 다른 곡식이 안 된다는 아버지 그
러거나 말거나 엄마가 몰래 심은 밭 언저리에서 누가 봐도
한눈에 호박꽃인 줄 아는 크고 노란 호박꽃들이 피어날
즈음,
겨우내 움츠려 있던 꿀벌들이 윙윙왱왱 신이나 죽을 듯
꿀을 힘껏 빨아댔습니다
그러면 엄마는 아웅다웅하던 봄날의 다툼도 잊은 채, 그
새 애호박 따서 호박찌개와 호박볶음, 호박부침을 상에 올
리곤 했고요
가을걷이할 때면 슬그머니 무안해진 아버진 밭가에 곳
간처럼 둥글둥글 누런 호박탑을 쌓아놓고 잔소리하곤 했
지요

쇠죽 끓일 때 두어 덩이 썰어 넣어라
돼지죽 쑬 때 두어 덩이 썰어 섞어라
감자 찔 때 두어 덩이 썰어 찌거라
생쥐, 두더지 두어 덩이 파먹거라
〉

부부는 왜 이렇게 다투는 걸까요
봄에도 호박 때문에 배부르고
겨울에도 호박 때문에 웃었는데요

아무려나, 우린 해마다 똑같은 호박을 가지고 습관처럼
다투시는 덕분에

긴 겨울밤 첩첩산중의 한 지붕 밑에서 따숩게 다리 뻗고
지낼 수 있었습니다

여름 나기

　해마다 우리 집 여자들의 여름 나기는 화암약수터*에 가
는 일
　약수로 초록 밥 지어 먹고 너럭바위 걸터앉아 흘러나오
는 약숫물에 발 담그고
　저고리 앞섶마저 풀어헤친 할머니는 정선 아리랑 한 자
락 뽑으신다

　눈이 올라나 비가 올라나 억수장마 질라나
　만수산 검은 구름이 막 모여 든다

　얼쑤 얼쑤 하수 거들며 어머니가 한 곡조 거드신다

　명사십리가 아니라면은 해당화는 왜 피며
　모춘삼월이 아니라면은 두견새는 왜 우나
　아리랑 아리랑 아라리요 아리랑 고개 고개로 날 넘겨주게

　달빛 아래 들깨꼬투리 들여다보며 금년은 들깨 몇 말 먹
겠다고 두런거리는 소리
　하루 종일 줄에 묶인 개가 솜뭉치마냥 들뛰며 컹컹 짖어
대는 사이 가만 이슬 맞고 들깨꽃 피우던 그때 그 시절

* 강원 정선군 화암면 소재.

엄마의 바다

삼척이지만 바다와 먼 산골 집
엄마는 계단에 연파란색 페인트칠을 하여
집의 반을 바다로 만들어놓고
그 안 계단에 앉아 비릿한 생선 한 마리 낚아채는 꿈을
낮에도 꾸신다며
야젓한 돌담 밑에 작약꽃이 일렁일렁 파닥파닥 입질을
하고
오늘도 엄마는 스스로 들여놓은 바닷가에 앉아
낚시를 드리우며
천지가 꽃 바다여
하며 웃으시고

헌 밥상에 대한 예의

며칠간 쏟아진 장맛비에 정화조 뚜껑이 깨져 빗물이 들
어가는 걸 보고
철다리가 꺾인 헌쇠 밥상을 가져다 덮으니 딱, 이다

날이 밝자 어머니는 헌 밥상을 들고 들어와
행주로 오랫동안 동고동락한 그 밥상을 정성껏 닦으신다

아야,
식구들이 둘러앉아 먹던 밥상인데 똥통 뚜껑으로 덮어
야 쓰겠냐
그까지꺼 똥통에 빗물 드가는 게 뭣이 중하더냐

언제나처럼 냉장고 뒤 밥상 자리에 그대로 꽂아두신다

엄마 생각

비가 오나 눈이 오나 산비탈 지게질에 고될 법도 하련마는

하루 종일 밭고랑에서 호미질하다 개밥바라기 뜰 때

허리 겨우 편 채 움푹한 눈으로 새로 내린 어둠을 가만 살피시던 엄마

아버지 없는 자리 메우시며 새벽마다 장독대 정화수 올리고

앞산 곤드레꽃 피면 배 채워주는 꽃이라며 좋아라 하시던 엄마

마당가 장독대에 대처大處로 간 열두 남매 닮은 접시꽃 심어놓고

밥 안 먹어도 배부르다, 배부르다 하시던

내 안의 붓다, 엄마

학교에 간다
나이가 많아도 괜찮단
한글이 머릿속에 잘 들어오지 않는다
그래도 더 늦지 않아서 다행이다

유정 천리

코로나 때문에 집과 밭만 오가시던 어머니가 사람 구경
못 하니 치매 걸릴 것 같다고 한 걱정하셔서 바퀴 달린 이
동식 노래방을 당장 보내드렸다

살면 내가 얼마나 산다고 이 커다란 짐짝을 집 안에 들
여놓고 산다냐
팔십이 넘은 지 옛날이고 하나둘 짐 정리하고 살아도 날
이 모자랄 판에
웬 짐짝을 잔뜩 보내서 나를 답답하게 하느냐
여긴 고물장수 다닌 지도 옛날이니 니들이 얼른 가져가
고물장수 갖다줘라

요즘 어떻게 지내세요?

텔레비전 없어도 살지만 말이다 노래방 없이는 이제 못
살겠다 동무여 동무 내 동무

유정 천리 750
갈대의 순정 330
섬마을 선생님 657

풍당풍당

풍당풍당 돌을 던지자.
누나 몰래 돌을 던지자.
냇물아 퍼져라 멀리 멀리 퍼져라.
기 너편에 앉아서 나물을 씻는
우리 누나 손등을 간질여 주어라.

윤석중

나를 두고 아리랑 250

노래책 안 봐도 손이 그냥 안다 불렀다 하면 백 점이다

비결이 뭐예요?

동무지 그게 비결이지 뭐 있나

연기력에 관하여

　식당에 인형을 안고 온 아이에게 인형님은 여기 따로 앉
히라며 의자를 내어준 웨이터. 아포카토 한 잔 오천오백
원이세요, 라며 존댓말 하는 카페 아르바이트생. 극장 앞
에서 아들을 데리고 서성이던 아버지가 주머니를 뒤지며
공연을 볼 수 없다며 난처해하는 것을 보고 지금 여기서
주운 거라며 지폐를 건네는 극장 지배인. 초등학교 때 도
시락을 제자에게 건네주며 속이 불편하다던 선생님. 친정
간 어머니 노을 이고 오는지 몇 번이나 나가보라 했지만
정작 어머니 오시자 코를 고는 아버지. 언제, 어디서나 어
떤 고급 레스토랑의 음식보다 어머니가 해주신 올챙이국
수가 최고 맛있다고 하는 나.

개구리 올챙이

정선할매곤드레밥집

정선할매곤드레밥집 간판에 이끌려 들어간 충무로 골목길
잘 닦인 접시가 가지런한 식당엔 곤드레 정식을 주문하자
채 오 분도 지나지 않아 곤드레나물밥이 나오고
밑반찬 서너 가지 따라 나온다 정작 꼬부랑 할미꽃 같은
정선 할매가 만들었다면 나물이 밥보다 더 많을 법한데
점심시간 몰려든 젊은 직장인들이 쌀밥 속에 숨바꼭질
하듯
숨어 있는 나물밥을 간장에 비벼 뚝딱 한 그릇 비운다
그래도 그렇지, 나물밥엔 나물이 반은 되어야 나물밥이지
질리도록 나물을 먹고 자란 난 숟가락을 잠시 내려놓은 채
펄펄 끓는 무쇠 솥에 곤드레 한 아름 대쳐내던 어머니,
소낙비 막 쏟아질 때 일어나는 뽀얀 흙먼지 냄새처럼
스멀스멀 번져오던 그 나물 향내를 큼큼거리고 있다

엄마 잃은 아이

엄마 잃은 아이가 있었습니다
엄마 잃은 아이가 엄마 있는 아이를 보살피러 가야 했습
니다
자신만 한 아이를 안고 업고 달래고 돌보아야 했답니다
그런 어느 날 박물장수 할매가 마루에 앉아 봇짐을 풀어
놓으며
그 아이에게 말했답니다 저 뜨락에 핀 하얀 찔레꽃이
해당화꽃처럼 붉게 물들면 네 에미를 찾을 수 있다고
그때부터 아이는 찔렛가시로 찔레순 같은 손가락을 땄
답니다
그러곤 길러온 물동이에 핏방울 돋은 손가락을 집어넣
었답니다
그러다가 까무룩 잠이 들곤 했는데, 손가락의 핏방울들
이
실뱀처럼 한 올 한 올 퍼져 한 동이 가득 퍼져갈 쯤이면
예고 없이 하얀 찔레꽃잎이 노을처럼 붉게 물들기 시작
하고
그때마다 아이는 허방을 딛듯 엄마를 부르며 달려나가
곤 했답니다

비 오는 날

자정이 가까운 밤, 광교호숫가 벤치에 우산도 없이 홀로
비 맞고 앉아 우는 여자

며칠 전부터 별러 오늘을 울기 좋은 날로 잡아 나온 걸까
때마침 그저 그렇게 울고 가야 될 것 같아 우는 걸까
불현듯 너무나 슬픈 전화를 받아서 우는 걸까
옛날 곡비처럼 누군가의 부탁을 받아 공개적으로 울어
주는 걸까

아무렴, 이미 다 알고 있다는 듯 건들건들 비를 맞는 부
용화가 낮보다 더 환하게 피어나고 있는 밤

빗소리도 개구리 떼창도 덮어주지 못한 채 호수 건너편
까지 들려오는 여자의 울음소리

고비 사막

이른 봄, 습한 골짜기에 자라는 고비 밭을 찾아 하나둘 꺾어다 평상에 널어 말린 고비가 행여 일몰 때 부서질까 만지지 못하고 새벽이슬 내린 이른 아침에야 고비를 어른 주먹만 하게 뭉쳐 '햇고비'라 이름표도 달아주던,

엄마는 홀로 몇 번이나 고비 사막을 오갔던 것일까요
거친 손등 너머 모래 폭풍으로 다져진 모래 언덕 여러 개 보입니다

아야, 쇠고기보다 맛난
고빗국 맛보거라

언젠가 저도 엄마 따라 어느 고비 사막 하나쯤 건너보아 야겠습니다

3부

자화상

10대, 나의 몸엔 달각달각 공깃돌 소리
20대, 나의 몸엔 드륵드륵 미싱 돌리는 소리
30대, 나의 몸엔 다독다독 동화책 읽어주는 자장가 소리
40대, 나의 몸엔 눈 내리는 한겨울 대숲의 바람 소리
50대, 나의 몸엔 먼 수평선을 항해하는 돛배의 노 젓는
소리

달

엄마

딸

탈

잣나무 두 그루

아흔하나 되시던 유월 어느 날, 흰 도라지꽃이 피고 지
는 양지쪽에 새집 지으시고 홀연히 이사를 가신 할아버지
는,

백 년도 더 넘은 고향집을 손수 지으실 때 잣나무 두어
그루도 심었는데요

해마다 가을이 오면 잣나무 우듬지까지 올라가 잣송이
를 따주었습니다

그래서일까요 바람이라도 부는 날이면, 청솔가지 황금
색으로 물든 그 잣나무가 우르륵 잣송이를 쏟아내는 소리
가 들립니다

펑펑 내린 눈이 그리움처럼 쌓이는 날이면, 그 할아버지
와 잣나무가 도란도란 이야기 나누는 소리가

휘파람새

저 세상에 가면 너희 보러 오마 하시던 할머니

작년 유월에 저 세상 가신 후 휘파람새가 되셨는지

고향집 마당가 앵두나무 가지에 휘파람새 한 마리

날아와 앉아서 연신 부리로 제 가슴을 쪼아댄다

살아 계실 때 한시도 밭고랑 떠나지 않던 할머니

다시 태어나도 여전히 이리저리 바쁘신가

이래서 인간 노릇 우야노

아야, 어여들 일어나라

호로록 쪽쪽, 울며 반갑게 꼬리를 흔들어댄다

푸른 눈

어느 날 타이어 표 검정 고무신을 사오면서 사철나무 서 너 그루도 사오셨던 아버지

할아버지는 유실수가 아니라는 것을 알곤, 천지가 나무 인데 웬 나무를 돈 주고 사왔냐며 야단치기도 했는데

뒤뜰에 정성껏 심어놓고 물 당번을 정하여 끼니 먹는 것 처럼 하루에 세 번 꼭 물을 주라고 하셨던 아버지

또 일거리 하나 더 생겼다 하여 서로 미루고 또 떠넘기 다가 형제들 사이 젤 배짱이 없는 내가 물 당번이 되어 매 일 개골창 물을 길러다주곤 했던 사철나무,

어느 날 앙상한 가지마다 동전 같은 잎 돋아나고 손톱 만큼이나 작은 황백색 꽃을 잘도 피우더니

이제 늦은 밤 꿈속으로 다가와 사철 푸른 눈 뜨고 고이 잠든 열두 남매 가만 지켜보고 있다

대추 따던 날

아버지가 고향집 뒤꼍의 대추나무 위로 올라가 장대로
사정없이 내리치면 어머니가 밤새 자투리 천으로 만든 조
각보 위로 가을볕에 더 알록달록 반짝이는 크고 작은 대
추알이 윤기 나는 이파리들과 함께 후두둑 떨어졌습니다

그러면 형제들은 대추 한 알이라도 더 받아 내려 요리조
리 조각보 흔들며 밀고 당겨보지만 마술을 부리듯 한 알
은 장독대 뒤로 굴러가 숨고, 하필 쑥부쟁이 꽃잎 위로 떨
어진 또 한 알은 멍든 얼굴빛 같은 보랏빛 꽃을 피우게 했
습니다

초롱한 눈 부릅뜬 고양이가 용케도 조각보를 빠져나간
또 한 알의 대추를 마치 생쥐 놀이 하듯 앞발로 톡톡 치며
빙빙 도는 사이,

어디서 날아온 고추잠자리 떼 새파란 가을 하늘 가득히
춤을 추는 시월 어느 날이었습니다

기일忌日

음력 유월 오일

아버지 기일 이틀 지난 오늘

초사흘에 가신 아버지 초승달로 가만히 오신다

두고 간 자식들 보러 초승달로 오셔서

이승에 조금 머물러 상현달이 되었다가

사십 대 두고 간 울 어머니 팔순이 넘은 지금

어머니 고운 모습 그대로일까

만월이 되어 뒤란 살구나무에 가만 앉아

안방 격자무늬 문짝 가득 아롱다롱 비추는 사이

휘영청 달빛 속에 소쩍새 파랗게 운다

오빠가 밤을 땁니다.
언니가 생선을 굽습니다.
나는 전을 부칩니다.
우리는 절을 하고
차례를 지냅니다.

별

유리병에 별 몇 개 쓸어 담아
정지 서까래 매달아놓고
삼베매기 바디끼울* 때
쓰면 좋겠구나

— 키 큰 아버지한테 따달라고 하세요

가끔씩 저 별 쳐다보듯 집안일하는 게 사내다

이 년 중 가장 큰 달이 차오르면
난는 딸과 함께 달 구경을 갔다.
나와 딸은
후영청 밝은 달 아래에서
우리 가족이 탈 없이
건강하기를 빌었다.

* 바디끼우기: 삼베 옷감 만들기의 한 과정.

오빠 생각

바지게로 소꼴도 베고 거름도 나르고, 가끔씩 동생들도
태우기도 했던 오빠는
　함박눈이 밤새 내리기라도 하는 날이면 앞장서 등콧길
을 만들고 우린
　그 오빠 뒤로 강아지모양 쫄랑쫄랑 따라가며 재잘거리
곤 했는데
　어느 날 아무도 가르쳐주지 않은 하모니카를 악보도 없
이 자유자재로 불더니
　나그네가 왜 서러운지 모르면서 틈만 나면 나그네 설움
을 불어대더니
　어린 나에게도 '인생은 설움'이란 걸 알게 모르게 주입
시키더니
　밤마다 읽던 '세상은 넓고 할 일은 많다'란 책을 남겨둔
채
　홀연히 사라져 몇 달이 지나도 집에 오질 않는 오빠를
생각하며
　난 어미 소와 송아지 풀 뜯기며 습관처럼 '뜸북새'를 연
주하곤 했는데

　어느새 마당가에 심어놓은 주목 한 그루보다 크게 자란

흰 얼굴의 울 오빠가
    양손에 종합과자선물세트와 내복이 든 상자를 든 채 개
선장군처럼 사립문을 들어선 적이 있다

칭찬받는 날

동네잔치 집 다녀오시는 할아버지 머리엔 갓 쓰시고 손엔 담뱃대 들으시고

뒤따라오시는 할머니, 은비녀 꽂은 쪽머리엔 피마자기름 빤지르륵 햇살이 굴러떨어지고

한 길 자란 푸른 대마밭길 가르마처럼 가르며 오시네

졸고 있는 강아지 옆 댓돌 위에 나란히 벗어놓은 흙 묻은 고무신 두 켤레

개골창에 앉아 하얀 조약돌로 고무신 반짝거리도록 닦아

양지바른 곳에 나란히 세워두고 할아버지, 할머니 잠에서 깨어나

'울 손주 착하다'

한마디 듣고 싶어 사랑방 문틀에 기대어 졸다 깨다 기다리고 또 기다리고

어젯밤 두 분께서 흰 고무신 신고 정갈한 모습으로 오셔서

참 착하다 착하다 머리 쓰다듬어주셨네

방귀를 억지로 참다 보니 병이 났어요 아버님
하고 대답 했어요 시아버지는 웃으며 그럼 방귀를 뀌
려무나 하고 대답 했어요 이 말을 듣고 며느리는 그
동안 참고 있던 방귀를 뿌웅 하고 뀌었어요
방귀가 어찌나 요란하던지 시아버지는 기둥을 안고
뱅글 뱅 돌았어요 시어머는 솥뚜껑 꼭지를
잡고 뱅뱅 돌았어요

시어머님

시아버님

종소리

삼 대째 대물림되는 집 주변엔 온통 초록 바다

지지대 하나 없이 서로가 서로를 감고 또 감아 올려 세운

더덕 탑의 종소리가 텅 빈 골짜기 멀리 울려 나가고

산바람에 실려 왔다 실려 가길 반복하는 그 상큼한 향내가

어머니 손길이 닿지 않는 곳 없는 자드락밭까지 골고루
퍼져가는

일이 이토록 눈물겹게 아름답고 경이로워 기우뚱

동구 밖 전봇대마저도 감사 인사를 건네는 초여름 오후

대추나무 집

낡은 노란 대문 옆 화단에 키 큰 삼엽국화 듬직하게 손
님을 맞고 있는 북한산 자락 우이동 272번지.

장독대 놓여 있는 뜨락에 몇 년째 피고 지는 보랏빛 도
라지꽃. 물 한창 오른 봉숭아가 새근새근 붉고 흰 꽃을 피
우고 있다.

빨간 스레트 지붕을 반이나 뒤덮은 밤나무 옆 빗자루
병*으로 죽은 어미의 자리에 어린 대추나무가 자라는 집.

우이천 계곡물 소리가 손에 잡힐 듯 들려오는 마당의 평
상에 앉아 때늦은 점심을 기다리는데,

목화솜처럼 가벼워진 몸으로 다가온 주인장이 미안하다
며 제 고향 구례의 산수유꽃처럼 웃는다.

* 빗자루 병: 1950년대부터 크게 퍼지기 시작해 전국의 대추 산지를 황폐화시킨
  대추나무의 대표적인 병.

찐빵
— 눈 내리는 날 2

어릴 적 먹을 게 귀하던 시절,
눈 내리는 날이면 어머니가 만들어주신 막걸리 찐빵
놋대야에 곰표 밀가루 붓고 손수 만든 막걸리 넣고
아랫목에 반나절 두었다가 꺼내면
달항아리처럼 부풀어 오른 반죽
쟁반엔 말랑한 아기 보름달이 가득하고
장독대엔 함박눈이 가득하고
한겨울 눈 올 때 태어난 동생 하나는
자신 덕분에 찐빵을 먹는다며 며칠을 대장처럼 으스대고
오냐, 오냐, 그래 그래 네가 태어나서 기쁘게 찐빵을 먹
노라
그때 배운 하얀 거짓말 참 말랑말랑 달콤했지
지금도 옛날 방식 그대로 만들어 파는 추억의 찐빵 가게
가 있는데
사 먹어봐도 그 맛이 아니야
하얀 거짓말이 빠져 있으니까

어미와
병아리

생일도*

매일 새로 태어나는 생일도
매일 고단한 아버지가 잡아 올린
새우, 꼴뚜기, 멸치, 다시마가
못골 시장 완도상회까지 와서
좌판 위에 눕거나, 비슥이 앉아
시퍼런 눈을 부릅뜨고
매일 바다로 돌아가고파
숨비기꽃 아우성치는
생일도

꽁치

게

거북

멸태

고등어

까재

* 전라남도 완도군 생일면에 있는 섬.

4부

미인폭포*

산작약꽃 같은 미인이 몸을 던졌다는 통리 협곡 사이 어느 누구도 가두어둘 수 없는 맹렬한 기세로 폭포수를 쏟아내는 미인폭포

그러나 등 떠밀리듯 절박하게 붉은 암석 위로 한사코 쏟아져 내리는 흰 물줄기들이 가슴 벅찬 에메랄드빛 시간의 흰 물거품을 일으키며 다급하게 하류로 흘러가며 스스로 길을 내는 동안

차마 말할 수 없는 생의 비밀들이 가까이 몰려들수록 생각만으로 왈칵, 쏟아진 눈물들이 더 깊고 머나먼 몽환의 신비 속으로 마냥 끌어가고 있다

오늘, 이 순간만 미혹되어 그만 딱 맥을 놓아도 좋을 것만 같은 고요가 꽝꽝 터져 나오는 여름 오후

* 미인폭포: 강원도 삼척시 도계읍 심포리 계곡에 있는 폭포.

2천 년의 사랑
— 폼페이

밀밭 가는 길에서 만났을까 빵집 귀퉁이에서 우연히 만났을까
  아님, 공공 수도에서 물 길러 가던 중 서로 첫눈에 반했을까

  베수비오산 화산 폭발로 영원히 사라진 도시 폼페이를 돌아보다 마주친

  해남 대흥사 대웅전 가는 길 느티나무 연리근처럼 손을 꽉 잡은 채 한 남자의 가슴 깊숙이 머리를 파묻고 있는 한 여인

  그러나 순식간에 덮친 검은 연기와 뜨거운 화산재에 그만 화석이 된 연인들의 최후가

  여전히 발굴을 기다리는 폐허의 신전 한 구석 때마침 붉은 입술의 양귀비꽃으로 활짝 피어나고 있다

울돌목

오후 4시, 구름 따라 바람 따라 호젓하게 걷고 있는 등 뒤로 숨죽여 쫓아온 너,

내 키보다 저만큼 더 크고 긴 그림자가 당당하게 앞서거니 뒤서거니 하면서 걷는다

자꾸 괴물처럼 커져만 가는 내 발밑의 그림자가 예의 바른 선생님과 다정한 엄마, 진실한 친구와 친절한 이웃의 얼굴을 비웃으며

단언컨대 넌 사랑하는 순간에서조차 소심한 겁쟁이라고, 그럴수록 더욱 네 욕망의 그림자를 똑바로 보라고 속삭인다

너덜너덜해진 헝겊인형 같은 그림자를 앞세운 채 풀물 든 운동화를 질질 끌며 집으로 돌아가는 길

보랏빛 낭아초도 노란 애기똥풀도 이유 없이 나른하게 불편한, 심연 속으로 한없이 가라앉는 11월 어느 날
〉

여전히 그 정체가 성황당 늙은 나무속 귀신 형상같이 불
명확하고 모호한, 그래서 더욱 불편하고 두려운 그 무엇이

가장 빠르고 세찬 물살의 울돌목* 소용돌이 속으로 나
를 여지없이 처박았다가 꺼내기를 반복하는 사이

* 울돌목: 전남 해남군 문내면 학동리와 진도군 군내면 녹진리 사이에 있는 해협으
로 물살이 빠르고 소리가 요란하여 바닷목이 우는 것 같다고 하여 지어진 이름.

옛날같이

은행잎이 허공 가득 가을 점묘화 그리는 날
초대받은 이는 나와 돌개바람뿐

발도 멈추고
숨도 멈춘 채
노랑 폭풍 속으로
온몸 한 점 되어
아득히 빨려 들어가고 있을
그때

아,
오빠, 먼지!
아,
짜증나!
은행 똥 밟았어!

마스크를 쓴 남녀 커플이 두 손으로 얼굴을 가린 채 빠
르게 뛰어간다

순간,

황홀경에서 깬

난,

옛날같이 서 있다

12월의 귀신나무

무엇 때문에 아직도 시푸른 잎들을 휘날리며 기어이 북
풍을 맞서 있는가

광교 호수공원 천변 가로등 불빛에 오래된 버드나무 한
그루 이파리들이 청동검처럼 번득인다

때마침 함박눈이 어두운 허공을 어지럽게 빙빙 돌며 흩
날리는 12월의 나날들

난 무엇에 홀려 그 주변을 떠나지 못한 채 서성거리다가
서서히 고드름처럼 얼어가는가

문득 눈앞이 깜깜해지더니 느닷없이 가슴 한 구석이 쪼
개지듯 아파오고 또 멈추길 반복하는 밤

창백한 암흑의 심연 속에서 난 마치 어둠의 신 에레보
스*처럼 어디선가 밀려오는 헛것의 명령에 귀 기울이고 있
다

무얼 그리 망설이는가, 가슴 뛰는 쪽으로 가라는 누군가

의 목소리가 얼어붙은 등을 떠미는 겨울밤

아, 그러나 그대에게 단 하나만 묻고 싶습니다

버드나무여, 진정 귀신나무가 맞습니까?

* 에레보스: 그리스 신화에 나오는 어둠의 신.

신대호수

오래된 능수버들나무 아래 청둥오리 한 쌍이 잔잔히 파문을 일으키며 헤엄치고 있는 오전 10시

빽빽하게 들어선 덜꿩나무 사이 자세히 보지 않으면 보이지 않았을 복사꽃 몇 송이가 물안개 속에서 막 피어나고

건너편 나지막한 언덕 일찍 피어난 흰 민들레 씨앗이 비눗방울처럼 날리고 있다

몸뻬 입은 할머니가 쑥을 캐다 말고 한 노인이 절뚝이며 휠체어에 탄 할멈을 힘겹게 밀고 가는 풍경을 무심히 지켜보는 사이

떡갈나무 위에 2층으로 둥지 튼 까치들이 이 가지 저 가지로 연신 마른 나뭇가지를 물어 나르며 부산스럽게 울어대고

작년에 고사한 느티나무 고목 대신 심은 메타세콰이어가 물 포대 하나씩 매달고 주사 맞는 데 열심이다

〉

비탈진 호숫가 노란 양지꽃이 무더기로 피어나며 꿀벌
을 부르고 있는 소란스런 평화의 아침 한때

진화된 슬픔

벚꽃이 와르르 피어나는 이 화사한 봄날에
고흐의 그림 「슬픔」 속 나부처럼 웅크린 슬픔이
깨진 돌계단 틈 사이 봄맞이꽃 곁에 나란히
이내 가부좌를 틀고 아예 눈까지 감고 있으니,
쉬 멈추질 않는 내 울음소리로 부어오른 얼굴이
마치 풍선처럼 막 하늘을 날아오를 것 같으니,
불쑥 불청객처럼 찾아오는 내 슬픔이 분명 진화한 거야

벚꽃 잎 마구 휘날리는 이 찬란한 사월의 봄날에
이제 지독한 그리움 대신 아름다움이 밀려오는 건
분명 내 슬픔이 더 찬란하게 진화해가는 증거일 거야

보길도

고백하건데
몇 해 전,
만월이 두 개 뜬 어느 바닷가에서 훔쳐온 몽돌 하나
그동안 책받침으로도 쓰거나
스탠드 고정용으로 쓰고 있는데

외따로 나에게 와
가만 한마디 한다

너도 섬이다!

사랑을 모시고

길상사 시주 길상화 공덕비 앞 누군가 두고 간 아직 시
들지 않은 분홍 장미꽃 다발이 놓여 있다

등에 햇빛 서너 올 태운 검은 고양이 한 마리 앞발로 꽃
다발 비닐 몇 번 뜯다 홀연 사라진 사당 주변의 돌절구엔
자야의 젖은 눈물 같은 빗물이 찰랑히 고여 있고,

때마침 내려앉은 단풍잎 몇 장이 자야를 사랑해서 눈이
내린다는 시인의 말도 안 되는 거짓말을 철석같이 믿었던
그녀의 사랑을 모시고 맑고 호젓한 기도를 올리는 듯하다

문득 발끝에 차이는 돌멩이 하나가 그만 아득히 멀어지
거나 가까이 스미어 더 황홀한 첫눈처럼 흩날리기도 했을,

그때 그 시간의 끝을 붙들고 앉아 진정 시인을 사랑했노
라고 우물우물거리고 있는 어느 가을 오후

첫사랑

사랑하면 꽃다발을 바치는 것
비 맞은 온몸이 꽃다발이 되어 서 있는 것
전봇대 가로등 불빛만큼만 따뜻한 세상
이 세상으로 그대가 들어오길
가끔 군인 모자를 매만지는 사이
검은 워커 속엔 빗물이 고이고
발의 물관을 통해 빨아들인 물로
손에 든 산나리꽃은 더욱더 싱싱해
그는 2월 겨울비 맞고 밤새 서 있으니
산나리꽃 나무가 되어가
군복 무늬 따라 구슬이끼가 막 돋아나
초록 폭죽이 온몸에서 터지기 시작해
그에겐 우주에서 가장 아름다운 축제가 시작된 거야

마로니에 공원

혜화동 마로니에 공원 작은 사무실에서 시인들을 만나 시 공부를 한다. 잠깐 쉬는 시간엔 커피 한 잔씩 들고 마로니에나무 그늘에 앉아 이런 저런 이야기를 나누는데, 시인들은 모두 마로니에나무가 시를 줘서 받아 적었다고 하는데, 난 도통 못 알아듣고 앉아 마로니에나무 우듬지에 걸려 있는 흰 구름을 보다가, 까치 두 마리의 날갯짓을 보다가, 바쁘게 오고 가는 학생들의 경쾌한 걸음을 보다가, 공원 언저리에 두어 송이 피어난 능소화를 보며 애써 표정을 숨긴 채 앉아 있다. 그러곤 헤어져 집으로 돌아오는 버스 안에서 마로니에나무는 시도 쏟아주는구나, 생각하며 며칠 후 홀로 다시 찾아가 해가 서쪽으로 기울도록 마로니에 그늘에 온종일 앉아봤지만 시는 오질 않고, 대신 허탈함만 가방 가득 꾹꾹 채워서 버스에 오른 적 있는데,

지금 어찌어찌 어줍잖은 시인이 되어 마로니에 공원을 꼭 찾아가 왜 그때 남들은 다 주는 시를 나에겐 주지 않았냐고 좀 따지고 싶어서 벼르고 별러 시인들과 날을 잡았는데,

〈중대본〉
거리두기가 수도권은 2.5단계로 격상됩니다. 각종 행사,

모임은 취소하여주시고, 필수 외출을 제외하고 반드시 집에
머무르시고 마스크 착용 등 개인 방역 수칙 준수바랍니다.

천만 시민 멈춤 기간, '뭉치면 죽고 흩어지면 산다' 명언
도 뒤바뀌고 있는 세상에서 언제 마로니에 공원에 가서 시
를 받아 올 수 있을지

이런 젠장, 코로나로 인해 이래저래 난 또 왕따 인생이다

바람의 언덕*

백두대간 산맥 사이 바람의 언덕 오르는 길

평소 무료 셔틀버스가 전망대까지 운행 중이라지만 농번기철 마을 통제로 삼수령 휴게소에서 내려 호젓하게 걷는 산길

때마침 환하게 꽃을 피운 연분홍 산철쭉꽃과 순백의 연초록 자작나무가 앞장서서 길을 내어준다

아직 고랑을 채 덮지도 못한 고랭지 배추가 정오의 태양을 받아 더 싱그럽고 푸른빛으로 광활하게 펼쳐져 있는 바람의 언덕

태초에 여기서부터 시간이 시작되었다는 듯 능선 따라 거대한 장승처럼 도열한 풍력발전기의 흰 날개들이
저 먼 동해의 바닷바람을 끌어올려 돌고 또 돌리며 위풍당당하게 서 있다

문득 나를 아는 일과 내가 사는 일을 고민하다가 한눈파는 사이 비단봉 그리고 금대봉, 은대봉과 함백산이 눈

아래 손에 잡힐 듯 다가오고

　누구나 이 청정 지대에 서면 우주의 중심이 되는 향연의
독주와 협주가 태동처럼 울려 퍼지는 바람의 언덕

　열여섯에 가출한 내가 먼 길을 돌아와 저 멀리 구릉 지
대의 푸른 배추밭을 밟고 가는 흰 구름 하늘을 우러러보며
유월의 샛바람을 가득 맞고 서 있다

* 바람의 언덕: 강원도 태백시 창죽동 9-440.

엽서
— 시인이 되어 있을 나에게

하늘공원 느린 우체통 옆에 꽂힌 엽서 한 장 들고 걷네
억새밭 언저리 나무 의자에 앉아 엽서를 쓰네
느티나무는 그 많던 잎을 어디론가 다 내보내고
그 자리엔 흰 구름 몇 점, 낮달 하나 그리고 맑은 하늘로
채워놓고
저 멀리 남산타워가 손가락만큼이나 가벼워 보이고
억새 위로 참새 떼가 물고기처럼 반짝이며 튀어 올라
변민의 시인이라도 좋겠네* 노래 가사가 떠올라
특별한 까닭 없이 답답했던 가슴
억새밭 샛길 속에 후 후 내뱉네
숨이 스며든 만큼 딱 그만큼 쉼이 되는 순간
억새 위로 하얗게 날거나 뛰어오는 막새바람이 전하는
말 그대로 적네
쉰,
더 늙기 전에 더 병들기 전에 목가적인 그대 사랑하네

* 정태춘 〈시인의 마을〉 가사 중에서.

모성의 세계와 사랑의 윤리
― 성시하 첫 시집
『삶이 고단할 때면 꺼내 읽는, 엄마』에 부쳐

임동확(시인/한신대 문예창작학과 교수)

　성시하 시인의 첫 시집 『삶이 고단할 때면 꺼내 읽는, 엄마』에 가장 많이 등장하는 인물은 단연 '어머니'다. 지금껏 저를 낳아주고 길러준 '어머니'가 그녀의 시적 중심부를 관통하고 있다. 지금도 그녀가 태어나고 자란 고향집에 거주하면서 마치 '큰 산'처럼 그녀를 보호하고 '지탱해준' 원초적 '힘'의 근원이 '어머니'('시인의 말')이다. 일찍이 "아버지 없는 자리"를 "메우시며" "새벽마다" "대처로 간 열두 남매"들을 위해 "장독대"에 "정화수"를 올리는 "엄마"는, 따라서 그녀에게 단지 생물학적인 혈연적인 관계를 넘어선다. 모든 것을 인내하고 포용하며 관용하는 "붓다"(「엄마 생각」)와 같이 숭고하고 성스런 존재가 '어머니'다.

　성시하 시인은 단연 그런 '어머니'를 통해 사계절의 변화를 느끼고 생의 활기를 얻는다. 천지만물의 소생과 휴식을 알아차리고, "눈물겹게 아름답고 경이로운"(「종소리」) 생의 비의와 세계의 아름다움을 지각한다. 특히 어머니를 통해 배운 순수한 고향 사투리 또는 방언을 통해 자연과 세계의 변화를 가장 실감 있게 이해하고 경험한다. 움직일 수 없는 시적 출발지이자 생의 의미를 전체적으로 파악하기에 가장 좋은 배후지가 바로 그녀의 어머니인 셈이다.

마커 잘 있나? 여도 코로나가 난리다. 하루 두 번 댕기던 버스도 끊기고, 마을회관도 고마 문 닫았다. 몇날 며칠 사람 구경을 못 한다. 산골 에미는 아무 일 없다마는 니들은 코 단속, 입단속 꼭꼭 잘하고 댕기거라.
수돗가 앵두꽃이 두어 개씩 핀다. 변소 옆에 세워둔 삽자루 손잡이에 딱새가 둥지를 틀고 어느새 알 너덧 개 낳았다. 두릅은 아직도 감감한 것이 내달 돼야 필 듯하다. 양지쪽 할아버지 산소 주변엔 밤새 하얀 별꽃이 한 소쿠리 담뿍 쏟아졌다. 마커 마스크 잘 하고 댕기거라.
— 「안부」 전문

지극히 당연시돼온 일상의 질서가 일시에 뒤죽박죽된 코로나 정국 속에서 어머니는 먼저 자식들의 안부를 묻는다. 하지만 강원도 오지의 사투리 속에 전해오는 어머니의 안부 전화는 자식들의 안녕을 묻거나 고향 마을 소식을 전하는 데 그치지 않는다. 전 세계적인 코로나 사태 속에서 고향 마을 역시 버스가 끊기고 마을회관이 문 닫았음을 전한다. 하지만 어머니는 그 와중에서도 고향집 수돗가 앵두꽃이 두어 송이 피었으며, 변소 곁에 세워둔 삽자루에 딱새가 너덧 개의 알을 낳았다는 소식을 전한다. 또 두릅의 꽃은 다음 달쯤 필 듯하며, 할아버지 산소 주변에 하얀 별꽃이 활짝 피어 있다는 소식을 곁들인다.

여전히 자신보다 자식의 안부가 먼저인 어머니는, 따라서 단순히 그녀가 의지하고 기대는 혈연적이고 육친적인 존재가 아니다. 봄꽃의 개화와 새의 부화 소식을 전해오는 어머니는 삼라만상의 무위이화(無爲而化)를 전하는 일종의 전령(傳令)기고 전령(傳靈)이다. 특히 싹 난 "감자 한 알도 버리지 말"(「감자 싹을 따며」)기를 간곡히 당부하는 어머니는, 그녀의 생명의 원천이자 '스스로 그러함' 또는 '저절로 그러함'으로서 자연의 변화상을 나타낸다. 무엇보다도 여전히 고향집을 지키는 어머니는 그녀의 상상력과 창조력을 자극하고 길어내는 마르지 않는 샘이라고 할 수 있다.

엄밀히 말해, 하지만 그런 어머니와 고향 마을에 함께 살고 있지 않는 그녀는 "젊은 직장인들"이 "점심"을 "먹기 위해 몰려"드는 "충무로"(「정선할매곤드레밥집」)와 같은 번화한 거리를 활보하곤 하는 도시인이다. 그러다가 가끔씩 "어머니"가 끓여주시던 "고빗국"(「고비 사막」)을 떠올리며 향수에 젖는 현대인의 한 명에 지나지 않는다. 비록 어머니의 신신당부에 싹 난 감자로 "배추감자전을 부"쳐 보기도 하지만, "피자보다 맛이 별로네" 하며 금세 "달아나버리"는 "이천 년생 아이 둘"(「감자 싹을 따며」)을 거느린 평범한 엄마일 뿐이다.

"이른 봄" "겨우내 언 하늘 속"의 "하얀 별꽃들이 / 와르르 쏟아"지곤 하던 "고향집" "덕비골"(「덕비골」)은, 따라서 어쩌면 실재하지 않는 시공간일지 모른다. "작년 유월에 저 세상 가신" "할머니"가 "휘파람새"로 환생하여 "이래서 인간 노릇 우야노 / 아야, 어여들 일어나라"(「휘파람새」) 깨우는 정경은, 오로지 그녀의 깊은 마음의 기억 속에서만 구성되고 허물어지는 그녀의 내면 풍경에 지나지 않을 수 있다. "눈이 폭폭 쌓"이면 길이 막혀 "우체부"가 "택배"를 곧바로 전달하지 못할 만큼 "오지"인 태백산 자락의 "덕비골"(「사과 사위」)은, 분명 현실에 존재하면서도 존재하지 않는 그녀 마음속의 어떤 초월적 세계라고 봐도 무방할 것이리라.

다만 한 가지 분명한 것은, 고향에 머무는 이들은 결코 고향을 그리워하지 않는다는 사실이다. 어떤 이유로든 고향을 떠나거나 떠날 수밖에 없었던 이들만이 고향을 더욱 그리워한다는 점이다. 그러니까 언제 어디서든 "어머니가 만들어주신 막걸리 찐빵"(「찐빵 — 눈 내리는 날 2」)을 먹을 수 있다고 생각하는 이들에게 고향은 없다. 이와 반대로 문득 자신들이 난민처럼 살고 있다고 생각하는 자들일수록 현재의 삶의 대척점에 있다고 생각하는 "백 년도 더 넘은 고향집"(「잣나무 두 그루」)으로 돌아가고자 한다. 고향에서 멀리 떨어져 있는 그만큼 깊어지는 게 모든 이들의 마음 한 구석에 자리한 향수이자 귀향 의지라고 할 수 있다.

유난히 다양하고 풍부하게 등장한 고향의 풀과 나무, 꽃과 새, 그리고 어머니를 포함한 식구들에 대한 지극한 그리움 또한 그렇다. 단지 그것들은 낭만적이고 공상적인 고향의 추억에 대한 정서적 반응의 하나가 아니다. 지금 여기의 현재와 다가올 미래에도 반복적으로 되살아오길 간절히 바라는 '나'의 '회상(An-denken)' 속에서 늘 나타나고 사라지곤 하는, 그 어떤 정신적이고 심리적인 세계와 깊게 연관되어 있다고, 정서적 대체물이라고 할 수 있다.

강원도 태백산 자락 하늘 아래 첫 동네 첫 집

겨울 오면 지게 작대기 굵기만큼 자란 다래 덤불 껍질을 벗겨 쇠죽이 한소끔 끓는 큰 무쇠솥에 데우고

지난밤 꼬아놓은 새끼를 돌돌 감아 만든 어떤 눈밭도 두렵지 않은, 소코뚜레보다 서너 배 큰 설피를

장화 밑바닥에 단단히 고정시킨 후 털모자에 주루막 메고 나서면 눈의 제왕이 되시는 아버지

눈 덮인 협곡 속으로 성큼 들어가는 아버지 발자국 따라 꽁무늬 바람이 눈을 끌어다 메우길 반복하고

>

난 아궁이 앞에 앉아 부지깽이로 잿더미를 쑤시기도 하고 정지
바닥에 글자도 쓰고 그림도 그리며 아버지 기다리곤 했는데

꿩만둣국 동치미 밥상에 소박한 평화가 그칠 줄 모르는 함박눈
과 함께 내리는 저녁

뒤뜰 산죽 와르르 흔들리는 소리에 깜짝 놀라 나가보면 눈을 실
컷 맞은 마른 옥수숫대처럼 바싹 얼어버린 아버지가 문득 꿩을 들
고 서 계신다
　　—「설피雪皮 — 눈 내리는 날 1」 전문

분명 '나'의 눈앞에 꿩을 들고 서 있는 아버지는 실질적
으로 대면할 수 있는 존재가 아니다. 오직 유년의 시절을
지낸 하늘 아래 첫 동네 첫 집인 태백산 자락의 고향집에
대한 회상 속에서만 가부장적 책임을 다하기 위해 아버지
는 장화 밑바닥에 설피를 매고 눈길을 나선다. 부지깽이로
아궁이의 잿더미를 쑤시며 초조히 기다리는 기억의 행위
속에서만 좀처럼 오지 않던 아버지는 저녁 무렵 눈길을 헤
치며 나타난다. 멀고 아득한 기억의 회로 속에서 높고 깊
은 겨울 산골의 정적을 헤치며 함박눈이 밤새 쏟아지고,
실컷 맞은 눈에 마른 옥수숫대처럼 굳어진 몸의 아버지가
힘들게 수렵해온 꿩을 들고 서 있다.
　　바로 '그 꿩'을 들고 내 앞에 '서 계시'는 아버지는, 그러
기에 단순히 뭔가가 '다가와 있다', '머물러 있다', '눈앞에
있다', '살아 있다'는 등의 의미에 그치지 않는다. 어떻게

달리 표현한다고 해도, 여전히 미진하며 결코 대체할 수 없는 아버지의 부재와 현존을 동시에 드러낸다. 그러면 그럴수록 글자 그대로 나의 '회상' 속에서 아버지를 못내 가까이 다가오게 만드는, 더 생생하고 풍요로우며 충만하게 내 앞에 실재하도록 정중히 초대하는 극존칭 동사가 바로 '서 계시다'이다.

고향집 근처의 잣나무 두 그루 역시 이와 무관하지 않다. 그것들은 단지 고향 마을 근처에 서 있는 흔한 나무들 가운데 하나가 아니다. 고향을 상실한 자들을 늘 불러 세우고 귀의(歸依)하게 하는 지표로서 신성목(神性木)의 일종이다.

아흔하나 되시던 유월 어느 날, 흰 도라지꽃이 피고 지는 양지쪽에 새집 지으시고 홀연히 이사를 가신 할아버지는,
백 년도 더 넘은 고향집을 손수 지으실 때 잣나무 두어 그루도 심었는데요
해마다 가을이 오면 잣나무 우듬지까지 올라가 잣송이를 따주었습니다
그래서일까요 바람이라도 부는 날이면, 청솔가지 황금색으로 물든 그 잣나무가 우르륵 잣송이를 쏟아내는 소리가 들립니다
펑펑 내린 눈이 그리움처럼 쌓이는 날이면, 그 할아버지와 잣나무가 도란도란 이야기 나누는 소리가
　―「잣나무 두 그루」전문

흰 도라지꽃 피는 양지쪽에 묻히신 할아버지가 심은 두

그루의 잣나무는 단지 추억의 객관적 상관물이 아니다. 바람이라도 부는 날이면 우르륵 잣송이를 쏟아내는 그 잣나무들은 그녀의 마음속에서 어떤 말할 수 없는 큰 울림과 반향을 주는 본질적 기억을 나타내는 그리움의 사물이다. 할아버지가 손주들을 위해 우듬지에 올라가 잣을 따주기도 했던 잣나무는 여전히 푸른 하늘에 자신을 열고 어두운 대지에 뿌리박고 사는 고향의 사물들을 대표한다. 그 어디, 어떤 조건에서도 끊이질 않은 채 들려오는 '고향의 소리'가 바로 잣나무와 할아버지가 도란도란 나누는 소박하고 정겨운 이야기다.

  그렇다고 그녀의 고향이 늘 평화롭고 행복하며 무갈등한 세계라고 말하는 것은 아니다. 각기 다른 개성과 욕망을 가진 인간들로 구성된 고향 마을에도 분명 "엄마 잃은 아이"(「엄마 잃은 아이」)와 같은 통절한 슬픔이 존재한다. 또 "돌계단 틈 사이 봄맞이꽃"이 "화사"하게 피어나는 "봄날"에도 어디선가 "쉬 멈추질 않는" "울음"(「진화된 슬픔」)이 터져 나온다. 하지만 그 고향의 세계 속에선 맵고 쓰라린 고부 갈등 같은 크고 작은 생의 고통과 아픔들마저도 "할머니"가 "정선 아리랑 한 자락 뽑"으면 "어머니가 한 곡조 거"(「여름 나기」)들면서 조화와 평화의 세계로 귀결되고 만다. "호박" 심기와 그 용처를 두고 "관례처럼" "말다툼하"기도 하지만 결국엔 그 "호박 때문에 웃"고 마는 게 다름 아닌 "엄마, 아버지"(「호박」)가 살고 있는 고향의 세계이다.

성시하 시인의 시들이 보여주는 일단의 사랑의 감정들은 여기에 그 뿌리를 두고 있다. 단지 살아남기 위해 경쟁하고 적응하기에 바쁜 생활 속에서 그녀에게 사랑은, 먼저 "연신 키스를 나누는 연인"들이 "느"끼는 직접적인 "촉감"(「베네치아」)이다. 동시에 평소 "예의 바른 선생님과 다정한 엄마"라는 '나'의 페르소나(persona) 내지 정체성을 "비웃으며" 돌연 "가장 빠르고 세찬" "울돌목"의 "물살"처럼 "나를 여지없이 처박았다가 꺼내기를 반복"하는 감정의 "소용돌이" 또는 "그림자"가 밀어닥친 "순간"(「울돌목」)을 의미한다. "화산 폭발"로 일시에 "사라진 도시 폼페이"에서 발굴된 "연인"들처럼 "순식간에 덮친 검은 연기와 뜨거운 화산재에 그만 화석이 된 연인들의 최후"(「2천 년의 사랑 — 폼페이」) 같은 게 '사랑'이다.

하지만 성시하 시인에게 '사랑'은 마치 "한사코 쏟아져 내리는"의 "폭포수"처럼 "어느 누구도 가두어둘 수 없는 맹렬한 기세"(「미인폭포」)의 강렬한 충동과 의지 차원에 머무르지 않는다. "느닷없이 가슴 한 구석이 쪼개지듯 아파오고 또 멈추길 반복하는" 사랑의 경험은, 다름 아닌 한 개인의 의식으로 제어하거나 통제할 수 없는 타자로서 "헛것의 명령". 곧 그녀의 바깥에서 "등을 떠미는" "누군가 목소리"(「12월의 귀신나무」)를 듣는 것과 같다. 안으로 향하면서 동시에 바깥으로 향하게 하는 존재로서 "식당에 인형을 안고 온 아이"에게 "따로 의자를 내어"주는 "웨이터" 같은 타자와의 만남. 즉 "아포카토 한 잔"의 가격을 말할 때조차 굳이 "오천오백 원이세요"라고 "존댓말 하는 카페 아르바이트생"(「연기력에 관하여」)이 보여주듯이 절대적인 차이를 가진 타자에 대한 공경과 '환대(hospitality)'가 그녀가 생각하는 진정한 의미의 '연기'이자 '사랑의 윤리'다.

성시하 시인은 이러한 '사랑의 윤리' 또는 '사랑의 중개'를 통하여, 시원적이고 신성한 시공간으로서 고향의 자연과 인간 앞에 선다. 비록 모든 면에서 가난하고 궁핍하며 또 지극히 평범하고 소박하지만, 그러나 그 고향의 장엄함과 숭고함을 새삼 이해하고 느끼며 향유하고 자 한다.

아직 고랑을 채 덮지도 못한 고랭지 배추가 정오의 태양을 받아 더 싱그럽고 푸른빛으로 광활하게 펼쳐져 있는 바람의 언덕

태초에 여기서부터 시간이 시작되었다는 듯 능선 따라 거대한 장승처럼 도열한 풍력발전기의 흰 날개들이
저 먼 동해의 바닷바람을 끌어올려 돌고 또 돌리며 위풍당당하게 서 있다

문득 나를 아는 일과 나를 사는 일을 고민하다가 한눈파는 사이 비단봉 그리고 금대봉, 은대봉과 함백산이 눈 아래 손에 잡힐 듯 다가오고

누구나 이 청정 지대에 서면 우주의 중심이 되는 향연의 독주와 협주가 태동처럼 울려 퍼지는 바람의 언덕
  >

열여섯에 가출한 내가 먼 길을 돌아와 저 멀리 구릉 지대의 푸른
배추밭을 밟고 가는 흰 구름 하늘을 우러러보며 유월의 샛바람을
가득 맞고 서 있다
— 「바람의 언덕」 부분

고향 가까이 있는 '바람의 언덕'은 이제 한낱 고향을 대
표하는 관광지의 하나가 아니다. 고랭지 배추가 정오의 햇
살을 받아 더욱 푸르게 다가오는 '바람의 언덕'은, 때 묻지
않은 태초의 시간이 시작되는 곳이자 청정한 동해 바람을
정상으로 끌어올리는 흰 날개의 풍력발전기가 위풍당당하
게 돌아가는 성스런 장소다. 그동안 '사는 일'에 훼손되기
이전 있는 그대로의 '나'를 찾거나 알아가면서 동시에 있
는 그대로의 사물들에게 감사함을 느끼는 생의 거점이다.
먼 길을 돌아온 내가 이제 마치 태동처럼 연주하는 바람의
독주와 협주의 향연을 경청하는 청정 지대이자 문득 나의
본질과 삶의 의미를 되돌아보면서 미래로 달려가게 하는
'우주의 중심'이다.
그 성스럽고 장엄한 '우주의 중심'에 모든 지상의 중력
과 질량, 그리고 물질성을 초월해 존재하는 영적 전체로서
그녀의 어머니가 있다.

낮밥 드실 풋고추 세 개 따서 들고 온 할아버지는 할머니 품에
안겨 돌아가셨습니다
>

손수 만드신 오색 주머니 들고 온 할머니는 어머니 품에 안겨 자는 듯 돌아가셨습니다

큰아들 등교할 때 새 지폐로 용돈 쥐어준 아버지는 어머니 품에 안겨 돌아가셨습니다

뻐꾸기 울음소리가 아베 마리아처럼 태백산 자락을 넘나드는 유월이었습니다

……자비를 베푸소서
—「피에타」 전문

이제 그녀의 어머니는 단지 자식을 낳고 양육하며 보호하는 존재에 그치지 않는다. 또한 어머니는 뭇 생명체에게 영양을 공급하고 거처를 제공하는 지상적 존재가 아니다. 자기 앞에서 십자가에 못 박혀 죽어간 예수의 시체를 끌어안고 슬픔에 잠긴 성모 마리아처럼 할아버지나 아버지 같은 남성적 존재들의 죽음을 관장하는 신적인 어머니다. 온갖 동물과 인간, 땅과 하늘의 다산성을 책임지는 대지의 여신(女神)을 넘어 자신의 품 안에 모든 생명체들의 죽음을 수용하고 인도하는 자비로운 영적 통제자(spiritus rector) 또는 영혼의 인도자(Psychopompos)가 그녀의 어머니다.

성시하 시인의 각별한 어머니 사랑 또는 지극한 고향애는, 따라서 불가피하게 고향을 떠난 자가 추구하는 모성

애나 향수 차원을 넘어선다. 근본적으로 모든 것들을 관용하고 인내하며 온유한 고향에 대한 향수는, 진정한 사랑의 본질을 발견하고 거기에 견고하게 머무르려는 의지를 나타낸다. 특히 "먼 산골 집"을 굳이 "바다"로 만들어 "천지"를 "꽃 바다"로 "만들어"가는 일종의 영매(靈媒)로서 "엄마"(「엄마의 바다」)에 대한 대책 없는 연민과 그리움은, 우리들에게 다가올 재앙을 미리 예감하고 막아서는 깊은 모성애의 출현과 기대에 대한 시대적 요청과 맞물려 있다.

열두 남매 중 여덟째로 태어난 성시하 시인은 열여섯 나이에 이런 어머니 또는 고향의 굴레에서 벗어나고자 과감하게 가출을 감행한 바 있다. 그리고 이후 "미싱 돌리는" 직업과 결혼 그리고 "동화책 읽어주는"(「자화상」) 출산과 육아 등을 거치면서 점차 너그러움과 부드러움, 인내와 무애함과 희생으로 나타나는 자비로운 고향의 세계와 멀어진 바 있다. 하지만 동시에 그 단호한 '출가'는 단순히 고향 세계와의 결별로 끝나지 않았다. 결과적으로 세상을 향해 초월해가는 생의 최초의 모험이 바로 그런 초월에의 방식을 통해 새로운 세계의 가능성로 뛰어든 사건이라고 할 수 있다.

성시하 시인의 첫 시집 『삶이 고단할 때면 꺼내 읽는, 엄마』의 의의는 단연 여기에 있다. 일견 박수근의 그림처럼 평면적이고 단순 소박하게 보일 수도 있는 그녀의 시들은, 우리에게 화려하고 부박한 도시의 불빛에 눈 먼 고향 망각의 시대 속에서 종내 마치 한 마리 "푸른 부전나비"처

럼 "한 세계를 매듭짓고 다음 세계로 건너가"(「푸른 부전
나비」)기를 촉구한다. 미래와 타향으로 흘러가면서도 또
다시 근원 또는 자기 고향으로 되돌아오는 순환과 방랑
의 시간을 통하여, "불쑥 불청객처럼 찾아오는" 존재론적
"슬픔"이나 "지독한 그리움"을 더 큰 생의 "아름다움"으로
"찬란하게 진화"시키고 그걸 "증거"(「진화된 슬픔」)하고
있다. 어쩌면 "우주에서 가장 아름다운" 시의 "축제"(「첫
사랑」)를 시작하고자 기꺼이 어머니와 고향의 말들을 받
아 적거나 가만 귀 기울여 들으면서.

삶이 고단할 때면 꺼내 읽는, 엄마

1판 1쇄 발행　　　　2021년 2월 15일

지은이　　　　성시하
그린이　　　　김계녀
발행인　　　　윤미소
발행처　　　　(주)달아실출판사

책임편집　　　　박제영
디자인　　　　전형근
마케팅　　　　배상휘
법률자문　　　　김용진

주소　　　　강원도 춘천시 춘천로 17번길 37, 1층
전화　　　　033-241-7661
팩스　　　　033-241-7662
이메일　　　　dalasilmoongo@naver.com
출판등록　　　　2016년 12월 30일 제494호

ⓒ 성시하, 2021
ISBN 979-11-88710-95-9　03810